한 잔 술에 가둘 수 없어

■▪ 한 잔 술에 가둘 수 없어

1판 1쇄 : 인쇄 2016년 05월 05일
1판 1쇄 : 발행 2016년 05월 10일

지은이 : 이후남
펴낸이 : 서동영
펴낸곳 : 서영출판사

출판등록 : 2010년 11월 26일 제 (25100-2010-000011호)
주소 : 서울특별시 마포구 서교동 465-4, 광림빌딩 2층 201호
전화 : 02-338-7270 팩스 : 02-338-7161
이메일 : sdy5608@hanmail.net

그 림 : 박덕은
디자인 : 이원경

ⓒ2016이후남 seo young printed in seoul korea
ISBN 978-89-97180-54-7 04810
ISBN 978-89-97180-00-4(set)

한 잔 술에 가둘 수 없어

2016 · 서영

이후남 시인의 제2시집 출간을 축하하며

　　이후남 시인이 첫 시집 〈쓸쓸함에 대하여〉에 이어 두 번째 시집 〈한 잔 술에 가둘 수 없어〉를 펴내는 2016년 봄, 참 아름다운 계절이다.

　　계절은 이번에도 여전히 향그런 봄으로 회귀하듯, 이후남 시인은 처음 만났을 때인 2010년이나 지금이나 변함없이 순수하고 우아하고 열정적이다. 어쩌면 그리 마음씨가 고울까 할 정도로 그 호수 같은 모습은 한결같다.

　　이후남 시인이 2010년 12월 18일 첫 시 '그 사람'을 발표한 이래 지금까지 200여 편의 시를 쏟아내고 있다. 참으로 놀랍고 신비스럽기만 하다. 늘 겸허하게 노력하는 모습도 아름답다. 그리고, 자신보다 타인을 더 염려해 주고 챙겨 주는 모습 또한 정겹다.

　　이후남 시인은 첫 시집 〈쓸쓸함에 대하여〉에서 서두르지 않은 발걸음으로 한 걸음 한 걸음 시심의 아름다운 동산을 사뿐사뿐 걸어다녔다. 그러면서 작위적이지 않는 자연스러운 시상의 흐름으로 이미지와 손잡고 선명하고도 감칠맛 있는 시의 세계를 구현해 냈다. '아하, 시란 이런 것이로구나, 이래서 시는 감성의 꽃이구나. 시가 인류의 손에서 오래도록 살아남은 비결이 이거로구나,' 이러한 느낌과 탄성을 자아내게 만들었다. 그녀의 시들을 대하면서 독자들은 한없이 행복해 했다. 여러 이미지들의 절묘한 배치, 추상과 구상의 조화로운 어울림 등은 그녀의 시들이 갖는 공통 요소이자 특징이었다. 주위에 널려 있는 소외된 이들, 시야에서 벗어난 외로운 존재를, 외면하기 쉬운 이웃들의 아픔들까지도 그녀의 시심은 놓치지 않고 시의 탁자 위에 올려놓고 시적 형상화를 이뤄 놓았다. 그 노력과 정성이 아름다웠다.

　이후남 제2시집 〈한 잔 술에 가둘 수 없어〉에서는 과연 어떤 시 세계를 펼쳐 놓고 있을까. 궁금하다. 이 화창한 봄날, 가벼운 설렘 안고 그녀의 시 세계로 들어가 산들바람처럼 산책해 보도록 하자.

　　토방 위에 웅크리고 앉아
　　흥건히 젖어
　　끈적이는 외로움을 달래리

　　바람 되어 떠돌던 지난날
　　낙엽처럼 태워
　　끼룩끼룩 날려보내리

찬바람 무성한 그 길에
그대 미소 바라볼 수 있다면
잠들지 않는 꽃으로 피어나리

천년이고 만년이고
사립문 위에 달빛 걸쳐놓고
하얀 밤을 지새우리

그리움의 눈물이
앙상한 뼈가 되어
등불 밝힐지라도

햇살처럼 다가올 그대
만날 수만 있다면
흰 구름 되어 달려가리.

- [계절이 가기 전에] 전문

이 시에서의 시적 화자는 외로움에 젖어 있다. 그 외로움은 토방 위에 앉아 흥건히 젖어 끈적이는 존재로 묘사되어 있다. 아니면, 시적 화자가 토방에 웅크리고 앉아 흥건히 젖어 끈적이는 외로움을 달래고 있다. 시적 화자는 바람 되어 떠돌던 지난날을 낙엽처럼 태워 날려보내고 싶어 한다.

■ 한 잔 술에 가둘 수 없어

찬바람 무성한 그 길일지라도 그대 미소 바라볼 수만 있다면 잠들지 않는 꽃으로 피어나고 싶다. 그대를 만날 수 있다면, 천년만년 사립문 위에 달빛 걸쳐놓고 하얀 밤을 지새울 수도 있다. 그리움의 눈물이 앙상한 뼈가 되어 등불 밝힐지라도 그대를 만날 수 있다면, 흰 구름 되어 달려가고 싶어한다.

사랑하는 그대를 만나고 싶고, 만나 사랑하고 싶어하는 마음이 선명하고도 강렬하게 표현되고 있다. 지독한 사랑이다. 시적 화자의 인생을 절절절 지배하고 있는 사랑, 그 사랑이 결국 시적 화자의 삶을 지배하고 있다.

그대를 만나는 것, 그대를 사랑하는 것, 그대와 함께하는 것, 결코 포기할 수 없다. 그대와의 사랑이 가장 소중하기 때문이다.

이 시에서 추상(외로움, 그리움)과 구상(토방, 흥건히 젖어, 끈적이는, 찬바람, 미소, 잠들지 않는 꽃, 사립문, 달빛, 하얀 밤, 눈물, 앙상한 뼈, 등불, 햇살, 흰 구름)은 입체감으로 시의 의미 줄기를 떠받쳐 주고 있다. 예를 들면, '끈적이는 외로움'이라든가 '그리움의 눈물'이 '앙상한 뼈가 되어'라는 표현 기법은 상당히 세련된 메타포이다. 시적 화자가 곧 외로움(A=B)이고, 그리움의 눈물은 앙상한 뼈가 되어(A는 B가 되어)이라는 메타포를 통해 시적 화자의 절절한 마음을 대변하고 있다.

게다가 지각적 이미지의 구현도 멋스럽다. 외로움은 촉각 이미지(흥건히 젖어 끈적이는)와 시각 이미지(토방 위에 웅크리고 앉아)의 도움을 받아, 쓸쓸한 현재의 모습을 부각시켜 놓는 데 성공하고 있다. 또한 청각 이미지(바람 되어, 끼룩끼룩, 찬바람)와 시각 이미지(토방 위, 낙엽처럼, 무성한 그 길, 미소, 꽃, 사립문 위, 달빛 걸쳐놓고, 하얀 밤, 뼈, 등불, 햇살, 흰 구름 되어)도 효율적으로 활용하고 있다. 그리고 하얀색(사립문 위에 달빛, 하얀 밤, 흰 구름)과 붉은색(햇살, 등불)의 대조를 통해서도 이미지 구현을 도와주고 있다. 이러한 표현 기법들은 시적 화자의 염원, 즉 그대를 만나 하얀 밤 지새우며 외로움을 달래고픈 내면을 시적 형상화 하는 데 기여하고 있다.

　　호수에 뛰어든
　　만월을 바라보니

　　젖은 보고픔이
　　천리를 달리네.

- [그리움 · 7] 전문

　이 시에서 시적 화자는 호숫가에 앉아 호수에 뛰어든 보름달을 바라보고 있다. '뛰어든'이라는 시어를 통해 시적 화자의 내면을 짐작할 수 있다. 보고픔을 참고 최대한 견디어 왔지만, 더이상 견딜 수 없는 심경이 달을 호수에 뛰어들게 하고 있다. 푹 젖은 보고픔은 호수를 건너 저 멀리 천리를 달려 님에게로 달려가고 있다. 그만큼 절절절 님을 보고 싶다. 보고 싶다고 토로하지만, 현실에서는 끄덕도 하지 않는 이별이 야속하기만 하다. 이러한 시적 화자의 마음을 아주 짧은 시로 시적 형상화를 해내는 이후남 시인의 솜씨가 감탄을 자아낸다.

제1시집 이후로 훨씬 이미지 구현과 상징 기법이 세련되어 있다. 인간의 미묘한 정서를 포착해내어, 보다 선명한 그림을 그려내는 시의 특질에 한 걸음 더 가까이 다가간 시인에게 박수를 보낸다.

봄은 왔건만
봄꽃이 피기도 전에

상흔의 별자리 하나둘
내 가까이 떠오르고

반짝이는 만큼
꺼져만 가는 아픔 어루만지며

어디선가

소리 없이 자라나는 눈물이여

달을 품고 돌다
홀로 제 그림자에 얼굴 묻고

회한의 강가에 앉아
몇 날 며칠을 울어대는 추억이여

사랑하는 마음으로
아린 어깨 다독이며

죽는 날까지
부르고 다시 부를 노래여

푸른 잎 속으로 깊어가는
여름날에

진실로 사랑하고 사랑한
옛 슬픔의 그림자여.

- [이별] 전문

이 시에서의 시적 화자 역시 이별의 아픔에서 벗어
나지 못하고 있다. 봄이 왔지만 여전히 이별의 아픔과

상흔의 흔적이 가까이 있다. 그래서 그것을 어루만지며 눈물 흘리고 있다. 소리 없이 자라나는 눈물, 상흔의 별자리, 커져만 가는 아픔 등이 그 슬픔의 강도가 얼마나 큰지를 말해 주고 있다. 추억마저 울어대고 있다. 달을 품고 돌다 홀로 제 그림자에 얼굴을 파묻고서 회한의 강가에 앉아 여러 날을 울어대고 있는 모습이 처량하기까지 하다. 시적 화자는 아예 이 슬픔의 아픔이 죽는 날까지 이어지리라고 여긴다. 아무리 사랑하는 마음으로 아린 어깨 다독여 준다 할지라도, 죽는 날까지 이별의 아픔과 그로 인해 흘리는 눈물을 멈출 수 없을 거라고 하고 있다. 부르고 또 부르고 다시 부를 노래일 거라고 단정하고 있다. 짙푸르게 깊어 가는 여름날에 진실로 사랑했던 그 님을 결코 잊을 수 없을 것 같다고 토로하고 있다.

그런데 시적 화자는 그 님을 옛 슬픔의 그림자라며 애써 그 속에서 탈출하고자 하는 의지도 보이고 있다. 그것은 이미 지난 슬픔, 즉 옛 슬픔이다. 게다가 그것은 그 그림자일 뿐이다. 그러니, 이제는 벗어날 수도 있지 않겠냐는 내면의 위로가 깔려 있다.

이 시를 읊조리고 난 뒤에는, 옛 슬픔의 그림자를 훌훌 털고 새로운 인생을 살아가리라는 의지를 의식의 밑바탕에 깔게 된다. 부디 시적 화자가 그 그림자에서 탈출하여, 보다 밝은 인생으로 도약하기를 기원해 본다.

하늘만 바라보이는 허름한 오두막집에
커다란 굴뚝 하나 심어 놓고
상흔의 알갱이 탈탈 쓸어내려
장작더미 속에 아무렇게나 내던지고
밤새도록 불을 지피리
가벼움으로 문고리 흔드는 한 근의 바람과
포근한 구름 한 채와
눈물인 듯 글썽이는 하얀 이슬 한 가마
총총히 뿌려
발아래 씩씩한 무명초 한 뼘 굳세게 살고 있는
그곳에서
백발이 성성한 책상 위에
별 닮은 책 한 지게 부려 놓고
벙어리 라디오랑 방바닥 뒹굴며
물방울무늬 스카프로 얼굴 가린 채
두 손 내려두고 고요히 앉아
문밖만 바라보는 귀머거리 선풍기와 한가로이 누워
햇살 희롱하는 나비.

- [나] 전문

이 시에서의 시적 화자는 하늘만 바라보이는 허름한
오두막집으로 달려가고 있다. 그 의식은 현대 문명이
영향을 끼치지 않는 곳으로 가서, 거기서 커다란 굴뚝

■ 한잔술에 가둘 수 없어

하나 심어 놓고 상흔의 알갱이는 모조리 털어내어 아궁이의 장작더미 속으로 아무렇게나 던져 놓고 밤새도록 불을 지피겠다고 한다. 이제까지 자신을 짓눌러 왔던 상흔들로부터 결별을 하고 싶다는 것이다.

시적 화자가 진정 원하는 그곳은 가벼움으로 문고리 흔드는 한 근의 바람과 포근한 구름 한 채와 눈물인 듯 글썽이는 하얀 이슬 한 가마 총총히 뿌려 발아래 씩씩한 무명초 한 뼘 굳세게 자라고 있는 바로 그곳이다.

이 시를 읽고 있는 독자는 이 현란한 이미지 구현에 감탄을 하지 않을 수 없게 된다. '아하, 이런 게 이미지로구나!' 독자의 가슴에는 뭔지 모를 이미지 구현으로 인한 시적 감흥이 파도처럼 일렁이게 되는 순간, 또 다시 이미지 구현의 참맛이 펼쳐지고 있다.

바로 그 시심이 너울대는 그곳에서 시적 화자는 백발이 성성한 책상 앞에 앉아 있다. 그 책상 위에 별 닮은 책 한 지게 분량을 부려 놓고, 벙어리 라디오랑 방바닥을 뒹굴겠다 한다. 물방울무늬 스카프로 얼굴 가린 채 두 손은 얌전히 내려놓고 고요히 앉아 문밖만 바라보고 있는 귀머거리 선풍기와 한가로이 누워 햇살 희롱하는 나비가 되겠다 한다.

여기에 이르러 독자는 시적 화자의 내면 속으로 퐁당 빠져들지 않을 수 없게 된다. 시가 왜 이 땅에 존재하는지, 왜 시는 감성의 장르인지, 왜 시는 이미지가 살아 있어야 하는지를 동시에 깨닫게 해주는 순간, 이 순간을 이후남의 시에서 만날 수 있다니, 정말 행복한 일이 아닐 수 없다. 이처럼 시가 아름답다면, 우리 독자는 평생 시 속에 잠겨 살아도 무한히 행복하리라 믿는다. 안 그런가.

특히, 상흔을 알갱이와, 바람을 한 근과, 구름을 한 채와, 이슬을 한 가마와, 무명초를 한 뼘과, 책상을 성성한 백발과, 책을 한 지게와, 라디오를 벙어리와, 선풍기를 귀머거리와 연결시킨 이미지 구현이 백미이다. 이처럼 아름답고도 선명하게 이미지 구현을 해내는 이후남 시인이 자랑스럽다. 참 멋지다.

이른 아침부터
시름시름 앓으면서
그렇게 보내
파리하게 보내

맹물같이 싱겁게
그리 떠나보내는 게
아니었는데

강아지처럼 촐랑대며
티끌만 한 마음자락이라도

한 잔 술에 가둘 수 없어

앙 붙들고 매달렸어야 했는데

퉁퉁 부어오른 허무만
뒹굴뒹굴 굴리며
그렇게 보내
맥없이 보내

입술 끝에 얼얼한 말
온종일 퍼 올리며
그렇게 보내
아프게 보내.

- [당신에게 · 2] 전문

  이 시에서 시적 화자는 이른 아침부터 시름시름 앓
으면서 파리하게 보내고 있다. 그러면서 크게 후회하
고 있다. 맹물 같이 싱겁게 사랑하는 이를 보낸 점, 강
아지처럼 촐랑대며 티끌만 한 마음자락이라도 붙들고
매달리지 못한 점 등을 못내 아쉬워하고 있다. 보다 적
극적으로 이별을 막지 못한 자신의 소극적 태도가 몹
시 마음에 들지 않는 모양이다. 어느덧 퉁퉁 부어오른
허무만 시적 화자를 괴롭히고 있다. 그 허무는 뒹굴뒹
굴 굴러다니고 있다. 그래서 더 맥없고 힘없다. 아무리
입술 끝에 얼얼한 말 온종일 퍼 올려 보지만, 아픈 가

이후남 시인의 제2시집 출간을 축하하며 ▌

습은 여전하다. 이러한 내면을 사랑하는 당신에게 보
내어 알리고 싶은 듯, 시적 형상화를 통해 절실히 표
현하고 있다.

　파리하게, 맥없이, 아프게 나날을 보내고 있는 시적
화자가 시 속에서 가련히 여겨지도록 이미지 그릇을
만들어 놓고 있다. '맹물, 강아지'라는 보조관념까지
동원한 직유법을 통하여, 시적 화자의 마음을 당신이
알아주기를 소망하고 있다. 과연 님은 이 소망을 알아
보고 받아줄 것인가. 궁금하다. 이처럼 아픈 이별을 왜
하나? 이별하기 전에 서로 한 발 물러서 양보하고, 상
대의 약점과 빈 구석을 자신의 장점으로 보완해 주는
것이 지혜롭지는 않을까. 이러한 이후남 시인의 메시
지가 여기에 잔류하여 호소하고 있는 듯하다.

　이제는
　아프게 피어나는
　파란 눈물
　길어 올리지 말자

　가시에 찔릴 때도
　울렁거리는 물결
　하얀 지느러미 달고
　펄떡이는 고독일랑

건져내지 말자

손끝 발끝에서
새파랗게 질린 비늘
하나 하나 떨어질 때마다
울어대는 밤을 좇는
나비의 선홍빛에
다시는 젖꼭지를 물리지 말자.

- [슬픔에게] 전문

　이 시의 시적 화자는 이렇게 다짐을 한다. 이후로는 아프게 피어나는 파란 눈물은 길어 올리지 말자, 가시에 찔린다 해도 울렁거리는 물결이나 하얀 지느러미 달고 펄떡이는 고독을 건져내지 말자, 손끝 발끝에서 새파랗게 질린 비늘 하나둘 떨어질 때마다 울어대는 밤을 좇는 나비의 선홍빛에 다시는 젖꼭지를 물리지 말자. 다짐하고 또 다짐한다. 이러한 다짐이 신선한 낯설게 하기를 통해 다져지고 있다. 낯설게 하기와 선명한 이미지 구현과의 만남, 이게 어쩜 시의 특질을 가장 잘 구비하는 기법이 아닌가 여겨질 정도로 시의 맛이 좋다. 길어 올리지 말아야 할, 아프게 피어나는 파란 눈물에서 구상과 추상의 입체화가 보기 좋다. 가시에 찔릴 때 울렁거리는 물결과 하얀 지느러미 달고 펄

떡이는 고독이라는 지각적 이미지의 입체화도 고급스
럽다. 그리고 파란 눈물과 하얀 지느러미와 새파랗게
질린 비늘과 나비의 선홍빛에서, 파랑과 하양과 선홍
빛의 색깔 입체화도 선명한 이미지 구현에 도움을 주
고 있다. 마지막에서 나비의 선홍빛에다 다시는 젖꼭
지를 물리지 말자로 낯설게 하기의 묘미는 시 전체의
신선도와 이미지를 최대로 살려 놓고 있다. 시인의 표
현 기법이 이제는 독자의 눈길을 사로잡기에 충분할
정도로 자리잡고 있음을 확인시켜 주고 있다.

    밥내음 슬쩍 쥐고
    달랑달랑 따라다니는 아픔 한 톨
    통통 부은 소맷자락 물고
    흘러내리는 슬픔 한두 마디
    둘둘 말아 등에 업고
    흰 꼬리 부르튼 외로움 한 덩이
    뚝 떼어내
    차라리
    서늘하게 패인 옆구리에
    진줏빛 커다란 고리 하나 내어
    걸어두고 싶다.

                                - [사랑하니까] 전문

이 시의 시적 화자는 사랑에 깊이 빠져 있다. 그러면서 깨달은 감성 하나, 그것은 바로 밥내음 슬쩍 쥐고 달랑달랑 따라다니는 아픔 한 톨, 퉁퉁 부은 소맷자락 물고 흘러내리는 슬픔 한두 마디 등을 둘둘 말아 등에 업고, 또 흰 꼬리 부르튼 외로움 한 덩이 뚝 떼어내 서늘하게 패인 옆구리에 진줏빛 커다란 고리 하나 내어 걸어두어야 하겠다는 것이다.

왜? 사랑하니까. 사랑하니까, 아픔, 슬픔, 외로움을 통제하겠다는 의지를 불태우고 있다. 사랑하니까 그까짓 성가신 요소를 제압할 필요가 있다는 것이다. 사랑하니까 그런 수고를 감수하고, 사랑하니까 길게 가기 위해서는 사전에 마음 정리를 해놓겠다는 것이다. 사랑하니까, 그 힘든 마음의 깊은 곳을 나름대로 치유하겠다는 것이다. 사랑하니까, 밀려오는 방해요소들을 기꺼이 제압하겠다는 것이다.

여기서도 보이는 이후남 시인의 표현 기법 중 하나는, 추상(아픔, 슬픔, 외로움)과 구상(밥내음, 달랑달랑 따라다니는, 퉁퉁 부은 소맷자락, 흰 꼬리, 서늘하게 패인 옆구리, 진줏빛 커다란 고리)의 절묘한 입체화이다. 또한 지각적 이미지의 입체화 역시 멋스럽다. 후각 이미지(밥내음)와 시각 이미지(달랑달랑, 퉁퉁 부은, 소맷자락 물고, 흘러내리는, 둘둘 말아, 흰 꼬리, 뚝 떼어내, 패인 옆구리, 진줏빛 커다란 고리)와 근육감각 이미지(슬쩍 쥐고, 물고)가 어우러져 감칠맛 나는 이미지가 그려지고 있다.

　이제 이후남 시인은 이미지의 효용성을 터득한 듯하다. 그리하여 한층 격조 높은 시 창작의 궤도로 진입한 듯하다.

할머니는
그제도 오늘이고
어제도 오늘이고
오늘도 오늘이다

오빠 학교 가고 없는데
오빠를 부르고
조금 지나
또 오빠를 찾는다

한참을 말없이
왔다 갔다 하던 할머니
오빠 어디 갔느냐며
또 걱정이다

우리 오빠 학교에서
돌아올 때쯤

할머니는
아기처럼 깊이 잠든다.

　　　　　　　- [울 할머니] 전문

　이 시의 시적 화자는 할머니에게 시선을 떼지 않고
바라보고 있다. 할머니에게는 늘 오늘이 있을 뿐이다.
그제도 어제도 모두 그냥 오늘일 뿐이다. 시적 화자의
오빠가 학교에 갔으나, 할머니는 모른다. 오빠를 부르
고, 조금 지나 또 오빠를 부른다. 치매임에 틀림없다.
한참을 말없이 왔다 갔다 하던 할머니가 또 오빠 어디
갔냐며 걱정의 목소리로 찾는다. 이런 할머니를 관찰
하고 있는 시적 화자의 시선은 반전의 그림 앞에 멈춘
다. 하루종일 오빠를 찾던 할머니는 정작 오빠가 학교
에서 돌아올 때쯤 아기처럼 깊이 잠들어 버린다. 시의
끝에서 독자의 미소를 자아낸다.
　반전을 통한 이 미소가 이 시의 맛과 멋을 살려내고
있다. 이 시는 관조의 프리즘과 동심의 프리즘을 동시
에 활용하고 있다. 그리하여, 치매 할머니를 둔 집안
의 공동 관심사를 이끌어내는 데 성공하고 있다. 길게
서술하지 않아도, 짧은 시 속에서 치매 할머니를 바라
보는 복잡 미묘한 정서가 시적 형상화로 잘 포착되고
있다. 이 땅의 시가 길지 않아도, 짤막한 시 속에도 얼
마든지 깊은 성찰을 담을 수 있다는 모델을 보여 주고

있는 듯하다. 또한 평이한 시어들을 가지고도 얼마든
지 품격 높은 시들을 써낼 수 있다는 사례를 만나게 해
주고 있다.

놀란 수은주마저
쑥 내려가 올라올 줄 모르는
한겨울

우물쭈물하는 사이
흐름이 막혀 떨다
싸늘한 눈물 주루룩 쏟아낸다

거센 바람 머리채 흔들어도 실눈썹 하나
끌려가지 않던 그녀
천둥 번개 달려와 사납게 할퀴어도
묵묵히 받아주던 그녀

맵고 질긴 손아귀 벗어나지 못해
하루하루 말라가는 줄기마냥
늘어져 앙상하다

연민하게 끌어온 생
이제는 돌아앉아

목련꽃잎처럼 희고 고운 웃음 짓는데

눅눅한 몸 터는 비릿한 어둠 뒤켠
머지않아 하늘 모롱이에 그리움 한 칸 어리겠다.

- [그냥은 없는 거야] 전문

이 시의 시적 화자는 아주 추운 겨울에 눈물을 주루룩 흘리다 축 늘어져 앙상하다. 예전에는 거센 바람이 머리채 흔들어도 실눈썹 하나 끌려가지 않던 그녀였다. 심지어 사납게 할퀴는 천둥 번개일지라도 묵묵히 받아주었었다. 그런데도 맵고 질긴 손아귀에서 벗어나지 못해 하루 하루 말라가는 줄기가 되어가고 있다. 연민하게 이끌어 온 삶이 이제는 돌아앉아 목련 꽃잎처럼 희고 고운 웃음을 짓고 있는데, 그녀는 눅눅한 몸 터는 비릿한 어둠 뒤켠에 앉아 있다. 그렇다면 머지않아 하늘 모퉁이에 그리움 한 칸 어릴 가능성이 커졌다. 어찌해야 하나. 그리움 한 칸 어리도록 방치할 것인가. 아니면, 미리 제거할 것인가. 시적 화자의 결단이 필요하다.

이 시에서는 촉각 이미지(떨다, 싸늘한, 할퀴어도, 눅눅한)와 후각 이미지(비릿한), 미각 이미지(맵고 질긴), 시각 이미지(우물쭈물, 흐름이 막혀, 눈물 주루룩, 실눈썹, 끌려가지, 할퀴어도, 말라가는 줄기, 앙상하다, 목련 꽃잎, 희고 고운, 하늘 모

퉁이), 청각 이미지(거센 바람, 천둥 번개, 웃음) 등의 어우러
짐, 또 지각적 이미지와 추상(연민, 그리움)의 어우러짐
등이 이 시의 디코럼을 더욱 높여 주고 있다.

둥둥둥
마중물 길어 올리듯
가슴 깊이 드리운 두레박
힘차게 끌어당기자

오선지에 펼쳐 놓은
울고 웃는 세상 속으로
와락 뛰어들어가
뒤뚱뒤뚱 놀아 보자

깜박깜박 황색등 켜며
겁주는 세월 앞에서
누추히 무릎 꿇지 말자

마음 자락 붙들고
발 빼는 두려움도
손 내미는 설레임도
다 같이

시들어 누운 감성 줄기에
솟구치는 열정 콸콸 뿌려
썰렁하던 가슴 벌판을
향내 진동하는 꽃밭으로 가꿔 보자

둥둥둥
화끈하게
둥둥둥.

- [드럼 사랑] 전문

　이 시에서의 시적 화자는 인생의 답답함을 드럼에서 풀고자 하고 있다. 마중물 길어 올리듯, 가슴 깊이 드리운 두레박을 힘차게 끌어당기자 한다. 오선지 위에 펼쳐 놓은 울고 웃는 세상 속으로 와락 뛰어들어가 둥둥둥 소리에 맞춰 뒤뚱뒤뚱 놀아 보자 한다. 깜박깜박 황색등 켜며 겁이나 주고 윽박지르는 세월 앞에서 누추히 무릎 꿇지 말자 한다. 자꾸만 마음 자락 붙들고 발 빼고 웅크리기만 하는 두려움이랑, 손 내미는 설레임이랑 함께 시들어 누운 감성 줄기에 솟구치는 열정 콸콸 뿌리자 한다. 그래서 썰렁한 가슴 벌판을 향내 진동하는 꽃밭으로 가꿔 보자 한다. 둥둥둥 소리에 맞춰 화끈하게 둥둥둥 드럼을 치며, 생애 못다 한 내면의 세계를 펼쳐 보자 한다. 평소에는 억눌러 두었던 내면과

이후남 시인의 제2시집 출간을 축하하며 ▌

의식과 마음과 감성까지도 일깨워 둥둥둥 드럼을 치자 한다. 그리하여 세월 앞에 당당해지고, 가슴속 열정도 꺼내어 쓰고, 설레임까지 동원하여 다시는 감성이 시들어 눕지 못하도록 하자 한다. 그렇게 되면 썰렁했던 가슴 벌판은 열정의 꽃으로, 향내 진동하는 활기의 꽃으로 가득차게 될 것이다.

자, 저 드럼 소리가 들리는가. 둥둥둥, 둥둥둥. 청각 이미지(울고 웃는 세상, 콸콸, 화끈하게, 둥둥둥)와 시각 이미지(마중물, 두레박, 오선지, 깜박깜박, 황색등, 시들어 누운, 솟구치는)와 근육감각 이미지(힘차게 끌어당기자, 와락 뛰어들어가, 무릎 꿇지, 붙들고, 발 빼는)와 후각 이미지(향내 진동하는)의 조화로움을 동원한 구상과 '가슴 깊이, 겁주는, 마음자락, 두려움도, 설레임도, 감성 줄기, 솟구치는 열정, 가슴 벌판' 등의 추상이 어우러져 생동감 있는 드럼의 세계를 그려내고 있다.

시가 왜 이 세상에 존재하는지, 이미지로 그려낸 시가 왜 우리 감성에 깊이 파고드는지, 잘 보여주는 시이다. 이런 시를 자유자재로 쓰고 여러 표현 기법들을 잘 소화해내는 이후남 시인에게 아낌없는 칭찬의 박수를 보낸다.

지금까지 우리는 제1시집 〈쓸쓸함에 대하여〉의 발간 이후, 제2시집에서 펼쳐지고 있는 이후남 시인의 시 세계를 몇 편의 시를 통해 살펴보았다. 무엇보다도 지각적 이미지의 입체적 배치와 구상과 추상의 조화로움을 통해, 낯설게 하기, 즉 새로운 해석학에 꾸준히 도전하고 있는 이후남 시인의 시들이 정갈하게 시의 특질을 갖추고 있음을 볼 수 있었다. 이로써 품격 있는 시들을 지속적으로 발표하고 있는 진정성과 성실성을 동시에 만나게 되었다. 앞으로도 새로운 해석학을 통해 사물을 관찰하고 인지하여, 이를 이미지의 그릇 위에 올려놓은 시적 형상화를 잘하는 시인으로 오래도록 남게 되길 기원한다.

이후남 제3시집과 그 이후의 시집들에서도, 우리는 더욱 멋진 시들을 만나게 되리라 믿는다. 늘 초심을 잃지 않고 이 세상을 떠나는 마지막 순간까지 세계 독자들의 사랑을 듬뿍 받는 명시들을 많이 남겨 주리라 믿는다.

– 혹독한 추위를 잘 견디고 찬란히 피어나는 봄꽃들을 달콤히 바라보며

한실 문예창작 지도 교수 박덕은

(문학박사, 문학평론가, 시인, 소설가, 동화작가, 희곡작가, 화가, 사진작가)

제2시집을 펴내며

시를 쓰는 일상이 얼마나 향기롭고 은은한 일인지
이제야 그 맛의 깊이를 조금은 알 것 같습니다.
산다는 것이 저마다의 색깔로 피어나는 향기여서
다양한 색채의 향을
마음껏 보고 마시고 즐기고 느끼며
아픔과 그리움에 부딪혀
눈물 흘리며 울기도 하고
이별의 고통과 슬픔을 끌어안은 채
어둠의 나락으로 떨어져
뒹굴며 헤어나지 못하고 끝없는 외로움에 떨기도 하
지만
꽃을 보면 잠시나마 갈증을 풀 듯 행복에 겨워
크게 웃기도 하지요.
그럼에도 불구하고 그 향기에 취할 수 있는 건
누구나 누릴 수 있는 '주어진 행복'이 아니라는 걸
가슴속에서 쉼 없이 두드려 울려대는
북소리가 말해 주네요.

풀 한 포기 돌 하나에도 의미를 부여하며
색을 입히고 예쁜 옷을 지으며
사랑하고 노래하는
시인으로 시심의 나래 더욱 활짝 펼치렵니다.
한실 문예창작 지도 교수인 낭만대통령 박덕은 박사
님 고맙습니다.
그리고 부족한 시심 허물없이 바라봐 주는
사랑하는 나의 가족과 친지와 문우들에게도 감사를
드립니다.

2016년 5월 꽃피는 어느 봄날에

이후남

이후남

박덕은

저기
순백의 시심이
걸어오고 있네요

짬만 나면
추억에 잠기다가
낭만에 젖어
시를 쓰다가

때때로
드럼의 숨결에
영혼까지 맡긴 채
회오리바람에 휩쓸리다가

어쩌다
눈물겨운 감성에
호수처럼 앉아
잔물결로 흐느끼다가

다시
시심을 곤추세워
불같이 열정의 시를
쓰고 있네요

한 번도
지치지 않는
미래의 꿈빛 물결을
일상처럼 보듬기 위해

튼실한 발걸음으로
후회 없는 발자욱을
문학의 텃밭에
아롱다롱 새기기 위해.

차 례

1장 – 봄

2장 – 여름

3장 – 가을

4장 - 겨울

한 잔 술에 가둘 수 없어

제1장
봄

박덕은 作 [봄](2016)

한 잔 술에 가둘 수 없어

잔에 부으면
넘치고야 말 거야
마시고 또 마셔도
줄어들지 않을 거야

한 잔 술에 가둘 수 없어
흘러나오는 음악 소리에
허리 꽁꽁 묶어
천리만리 떠나보내려 하건만

하얗게 빛바랜 미련마저
질질 치맛자락 끌며
파랗게 떨고 있는 가슴
꼭 부여잡고 놓아주지 않는구나

어떻게 해야
파르르 전율하며
파닥이는 아픔
잠재울 수 있을까

가시 같은 이별 앞에 쓰러져 뒹굴어도
야윈 손 흔들며
다가오는 추억
모른 체 뿌리칠 수 없어라

오늘밤
슬픔은 또 다시
말갛게 세수하고
별을 닮아가는구나.

바람꽃

희야
간이역 벤치에 걸터앉은
햇살이 유난히 고요하구나

겹겹 침묵이 쌓이는 동안
말을 놓아 버리고 열병에 시달리며
몸으로 울던 상처의 혓바닥도
이별이 흘리고 간 서늘한 목덜미도
서러움에 발을 적시고
부들부들 떨고 있구나

쓸려가고 밀려드는 그리움 앞에
힘없는 낙엽의 발자욱들만
소리 없이 구르고
그림자처럼 달라붙어서

이제는
희끗희끗 늙은 모습으로
쭈글쭈글 앉아 웃으며

희야
미루나무 아래
눈물 삼키던 하얀 바람꽃
그 꽃이
오늘도 가슴 안에
뜨거운 불길로 너울너울 살아 있구나.

박덕은 作 [바람꽃](2016)

나

하늘만 바라보이는 허름한 오두막집에
커다란 굴뚝 하나 심어 놓고
상흔의 알갱이 탈탈 쓸어내려
장작더미 속에 아무렇게나 내던지고
밤새도록 불을 지피리
가벼움으로 문고리 흔드는 한 근의 바람과
포근한 구름 한 채와
눈물인 듯 글썽이는 하얀 이슬 한 가마
총총히 뿌려
발아래 씩씩한 무명초 한 뼘 굳세게 살고 있는
그곳에서
백발이 성성한 책상 위에
별 닮은 책 한 지게 부려 놓고
벙어리 라디오랑 방바닥 뒹굴며
물방울무늬 스카프로 얼굴 가린 채
두 손 내려두고 고요히 앉아
문밖만 바라보는 귀머거리 선풍기와 한가로이 누워
햇살 희롱하는 나비.

봄밤

도둑고양이들이
갈기갈기 어둠을 찢어
길바닥에 마구 뿌려대는 시간

거미줄처럼
엉기어 끈적이는
추억 한 자락만

희어진 불빛 따라
긴긴 밤을
태우고 있다.

늦봄 오후

근심거리는 여전히 똬리 틀고 앉아
떠나려 하지 않네요
지끈거리는 생각을 하얗게 지워 버리려
두 눈 꼭 감아 보지만
가슴 쑤셔대는 또 다른 그림자 나를 이끌고
깜깜한 불면 속으로 달려가네요
아찔했던 순간들이 절레절레 고개 흔드네요
안개 속에서 벗어나려 버둥거려 보지만
거미줄처럼 얽혀 있는 미로 속으로 자꾸만 빠져드네요
어디쯤 가면
착한 시간들이 모여 앉아 손 흔들며 기다리고 있을까요
오늘은 모처럼 모란꽃 가득 피어 있는 꽃이불 깊숙이 덮고
밀린 잠을 청해 봐야겠네요
차가운 바람이 여린 속살 후려도
꿋꿋이 서 있는 향 고운 저 꽃송이처럼.

사랑하니까

밥내음 슬쩍 쥐고
달랑달랑 따라다니는 아픔 한 톨
퉁퉁 부은 소맷자락 물고
흘러내리는 슬픔 한두 마디
둘둘 말아 등에 업고
흰 꼬리 부르튼 외로움 한 덩이
뚝 떼어내
차라리
서늘하게 패인 옆구리에
진줏빛 커다란 고리 하나 내어
걸어두고 싶다.

사월에는

파릇한 풀향 한 다발
살며시 꺾어
두근대는 가슴에 안겨 주세요

들길 따라
재를 넘고 산비알까지
봄바람 한 동이 이고지고 춤을 추세요
두 귀 쫑긋쫑긋
두 눈 반짝반짝 설레는 날에
수줍은 사랑 한 종지 살큼살큼 뿌려 주세요.

■ 한 잔 술에 가둘 수 없어

박덕은 作 [사월에는](2016)

사랑아

붉은 장미 한 송이
가슴에 심어 놓고

휘젓는 아픔
비가 되려 하네요

그냥 그대로
빗소리 밟으며 떠나가신다면

바람 이는 맘자락 위에
다시 한 번 애틋함 뿌려 길 내어드리고

라일락 향기 지쳐 서러운 날에
찬란히 가슴 열어 들꽃으로 피어나렵니다.

박덕은 作 [사랑애](2016)

내 사랑

집을 떠나오던 때 심어논 사랑
오늘도 별일 없이 안녕하겠죠

할 말을 다 못하고 손 흔들며
내리는 눈송이만 바라보았죠

어깨 흔드는 바람 불어오거든
이 맘이 가는 줄을 알고 있겠죠.

어머니 · 2

헐고 낡은 반닫이
그 속에 다소곳한
참빗과 동백기름

깜깜한 침묵 안고
외로워서
어이할까나
어이할까나.

어머니 · 3

듬성듬성
빠져나간 기억들 틈새를
식탐으로 채우는 어머니

당신의 뱃속엔 아마도
세렝게티 강가의 하마가 서너 마리
살고 있나 보다

일곱 손가락 허리춤에 걸고
비탈길 넘어오실 제
질끈 동여맨 허기만 같아

큰애기 가슴속엔
오늘도
장대비 그치지 않는다.

박덕은 作 [빠져나간 기억들](2016)

당신에게 · 1

비 내리는 오후
보랏빛 향기로 가슴 두드리며
추억의 둥지 속으로 들어가요
기다랗게 나부끼는 그리움마저
아린 손 흔들며

이름표 떨어져 나간 파란 대문은
벌건 속살 다 내보이며
눈 멀겋게 뜨고 있네요
왜 그리 무심하게 떠나갔냐고
왜 이제야 애틋함 서럽게 뿌려대고 있냐고
따지듯이 앞을 가로막고 서 있는데

묵정밭을 지키는 건
심심함에 몸살 앓는 햇살과
그 나른함 위에 들고양이처럼 뒹굴고 있는 연민 몇 자락과
손때 묻은 그리움들만이 그대로 남아
여기저기 쓸쓸함을 도배하고 있네요

건들바람 슬금슬금 다가와 등 떠미네요
곤약 같은 미련 풀풀 날려 버리고
눈 딱 감고 어서 가라 모질게도 나를 밀쳐내네요.

당신에게 · 2

이른 아침부터
시름시름 앓으면서
그렇게 보내
파리하게 보내

맹물같이 싱겁게
그리 떠나보내는 게
아니었는데

강아지처럼 촐랑대며
티끌만 한 마음자락이라도
앙 붙들고 매달렸어야 했는데

퉁퉁 부어오른 허무만
뎅굴뎅굴 굴리며
그렇게 보내
맥없이 보내

입술 끝에 얼얼한 말
온종일 퍼 올리며
그렇게 보내
아프게 보내.

당신에게 · 3

어스름 창밖
투두둑 투두둑
문 두드리는 소리

얼굴 내민 빗방울들이
요란한 걸음으로 인사해요

길모퉁이 은행나무 늘어진 어깨 안쓰러워
모처럼 나선 길

신발 끈도 풀지 않은 채
돌아서는 한줌 추억의 기척에

마른 낙엽 몇 잎만이
엉덩이 들썩이다 무색해 하네요.

당신에게 · 4

커피향 가득 배인 아쉬움
소파 깊숙이 남겨 놓고 카페를 나서다
뒤늦은 빗줄기에 발이 꽁꽁 묶이고 말았네요

어쩌죠
뻥 뚫린 하늘만 넋 놓고 바라보고 있는데
허둥대는 발길들 첨벙첨벙 모여들고
손잡은 낭만까지 주룩주룩 젖은 채 따라오네요

조금만 더 느슨하게 기다릴게요
하늘빛 버스의 잰걸음처럼
쏟아지는 빗속을 빨간 우산 펼쳐 들고 퐁당퐁당 뛰어와 줘요.

당신에게 · 5

달려드는 아픔이
너무나 진해
또르르르 모여들던 슬픔 방울

황소의 그렁그렁한 눈을 닮은
그리움에 기대어
한 장 한 장 뜯어낸 날들이 쌓이고 쌓여
애틋함으로 삭았나 봅니다

봄바람 이마에 두르고 실룩실룩
피어나는 추억에 통통 입맞춤하다
달달한 향기에 거나하게 취했나 봅니다.

■ 한 잔 술에 가둘 수 없어

어쩌란 말인가

하늘이 하늘하늘 한쪽으로 흐르고
마음은 살랑살랑 발길 따라 흐르고
햇발은 야들야들 반짝이는데
목련은 아릿아릿 보랏빛 향기 흘리고 있는데
아무런 말도 없이
흰 눈은 하롱하롱 꽃잎마냥 춤을 춘다.

아들아 · 2

강아지마냥 어미꼬랑지
쫄랑쫄랑 따라다니며
밤낮없이
주는 모이만
쫑쫑 받아먹더니

언제 이렇게 훌쩍
커버렸는지
벌떡이는 심장으로
나라 지킨다고
진짜 사나이 되어 돌아오겠다고
눈물 한 사발 그리움으로 꽁꽁 얼려
이 가슴에 묻어 놓고

눈보라 휘날리는 동지섣달
길고 긴 추운 날에
다 자란 새 되어
낯선 세상 밖으로
푸른 몸을 던지는구나.

사랑이라서

바람의 붉은 입술 다가와 노래하니
빗방울 흩뿌려도 우산 펴지 않으려 해
쿵쿵쿵 뛰노는 가슴 슬퍼지지 않도록

구름 얇게 접어 접어 꽃이불 수놓을까
푸른 밤 깊게 펼쳐 고이 고이 묻어둘까
아니야 하얗게 웃는 들꽃 세상 가꿀래

앙상한 그리움에 파르르 몸 떨어도
꽃눈길 던져 주면 아프지 않을 거야
발갛게 익어 버린 맘 바람으로 가린 채.

아들아 · 3

바람에 흔들리거든
들꽃처럼 다시 일어서렴

상처 없이 자라는 건
아무것도 없단다

생채기 욱신거릴 때 후후 불며
너털웃음 하얗게 날려보렴

졸졸졸 흐르는 시냇물인 양
작은 돌부리 감싸 흐르다

큰 돌부리에 걸리거든
돌아 돌아 쉬어서 가렴.

박덕은 作 [아들아 · 3](2016)

매화꽃

여린 손 흔들면서 긴 허리 씰룩씰룩
창가를 서성이는 매화꽃 분홍 향기
슬며시 달빛 흰 등에 업힌 채로 창 넘는다

늘어진 긴 외로움 한 자락 틀어쥐고
끈끈히 달라붙어 쓸쓸한 그림자들
가리듯 환히 잠들어 엄마 얼굴 감싼다

여명은 푸른 이불 걷으며 길 떠나고
돋을볕 허리 펴니 뺨 붉힌 꽃잎 위에
살포시 올라앉아서 소근대는 눈망울

시간의 깊은 바닥 어디쯤 자랐나
추억의 붉은 가슴 더듬어 만져 보니
꽃잎 속 들락거리는 개구쟁이 하얀 맘.

봄

꽁꽁 여민 가슴 사르르 풀어 주니
사랑 안 할 수 없는

따스한 손길 채우려
텅 빈 가슴 오롯이 비워두는.

박덕은 作 [봄](2016)

제2장
여름

박덕은 作 [여름](2016)

그리움에게

별 기척 없는 걸 보니
눈 내린 하얀 들판 어디쯤
발이 묶여 드러누워 있는 건 아닌지

몸 시린 벼 그루터기에 걸터앉아
낟알 좇는 참새들의 언 발을 발견하고는
봇짐 속에 담아 오던 이야기 훌훌 털어 뿌려 주느라
날 까맣게 잊어버리고 있는 건 아닌지

오는 길이 멀고 멀어
눈과 마음 빼앗기는 곳이
너무 많은 건 아닌지.

■ 한 잔 술에 가둘 수 없어

그리움 · 7

호수에 뛰어든
만월을 바라보니

젖은 보고픔이
천리를 달리네.

그리워

지친 객지의 설움
달빛에 적시며
술병에 목메여 우는 날

뒤란에 닭이 울고
개똥밭에 호박꽃
아름다이 피어 있네

청색 옷 풀어헤치며
달려가는
빈 가슴

들국화처럼 수줍던
그대여
안녕하신지

한숨 같은 하루해
늘어져 가니
이 마음 잡을 수 없어

찬 들에 피어 있는
기적 소리만
더듬더듬.

그리움 · 8

후두둑 후두둑
떨어진다

가슴속 눈물덩이
차고 시린데

줄줄줄
내린다

긴 밤이
홍건하도록

꽃망울
눈 비비는 소리에

맘자락만
하얗게 바래어 간다.

박덕은 作 [그리움 · 8](2016)

그리움 · 9

매화꽃향 문 두드리는 소리에
버선발로 달려나가니

그 어디에도 님은 없고
봄비만 자분자분 내리는구나.

■ 한 잔 술에 가둘 수 없어

이별 뒤

떠나감을
미워하지 말아라

지울 수 없는 슬픔 안고
외로운 들길 향하여
떨어지지 않는 발길
애써 옮겨갔으리니

말없는 강가에 조용히 앉아
옷깃에 남아 있는
미련 툴툴 털어내어 흐르는 강물에
애틋이 띄워 보냈으리니

황홀히 타오르던 가을마저도
사납게 휘몰이 하는 바람 앞의
낙엽처럼 우수수 가슴 시린
소리만 남기며 저 멀리 사라졌으리니.

이별

봄은 왔건만
봄꽃이 피기도 전에

상흔의 별자리 하나둘
내 가까이 떠오르고

반짝이는 만큼
커져만 가는 아픔 어루만지며

어디선가
소리 없이 자라나는 눈물이여

달을 품고 돌다
홀로 제 그림자에 얼굴 묻고

회한의 강가에 앉아
몇 날 며칠을 울어대는 추억이여

사랑하는 마음으로
아린 어깨 다독이며

■ 한 잔 술에 가둘 수 없어

죽는 날까지
부르고 다시 부를 노래여

푸른 잎 속으로 깊어가는
여름날에

진실로 사랑하고 사랑한
옛 슬픔의 그림자여.

빈자리

긴 목 늘이며
달맞이꽃처럼 피어 있는
그리움

견딜 수 없어
차마
견딜 수 없어

부르르 몸 떨다
흰 눈 되어
내린다.

박덕은 作 [빈자리](2016)

계절이 가기 전에

토방 위에 웅크리고 앉아
흥건히 젖어
끈적이는 그리움을 달래리

바람 되어 떠돌던 지난날
낙엽처럼 태워
끼룩끼룩 날려보내리

찬바람 무성한 그 길에
그대 미소 바라볼 수 있다면
잠들지 않는 꽃으로 피어나리

천년이고 만년이고
사립문 위에 달빛 걸쳐놓고
하얀 밤을 지새우리

그리움의 눈물이
앙상한 뼈가 되어
등불 밝힐지라도

햇살처럼 다가올 그대
만날 수만 있다면
흰 구름 되어 달려가리.

작은 것에도 행복은 있다

한 발짝도
움직이고 싶지 않은
이 순간

간절하게 그리운
커피 한 잔
눈앞에 아롱아롱

할 일 접어두고
소리 없이 내리는 떡비 맞으며
걸어걸어 들어선 작은 오두막

때론 불편하여 도망가고 싶고
때론 답답하여 하늘만 바라보았는데

부풀어오른 마음 다독이며
작은 테이블에 등 기대고 앉아
마시는 알싸한 커피 한 모금

■ 한 잔 술에 가둘 수 없어

어느새
구름이 개이고
삶이 움트네.

박덕은 作 [작은 것에도 행복은 있다](2016)

바닷가에서

단풍잎보다 더 붉은 한낮
식히려는 이들이
무성하게 출렁인다

우리도 밀물 되어
아무런 걱정 없는 척
푸른 발 담그며 하얀 미소 날려본다

외로움이 깊어갈수록
가슴 한 귀퉁이 무너져 내리고
시들지 않는 아픔 출렁거린다

나약한 기도 서럽고 서러운데
먹장구름 우르르 몰려와
굵은 빗방울 흩뿌린다

왕잠자리 떼 사라지고
펄떡이던 햇발도 수평선 너머 멀어지고
바닷가 불빛만이 해풍에 취해 비틀거린다

마음 안 어두운 골목길 환하게 비추며
묵묵히 따라온 달그림자
문밖에 세워둔 채

모래 위 깨어난 아침을 향해
뚜벅뚜벅 걸어가는
꿈을 꾼다.

박덕은 作 [바닷가에서](2016)

이런 날에는

한 바가지 푹 퍼내어
발 담그고픈 쪽빛 하늘에
그렁그렁 눈 시리다

손끝 야무진 서푼의 바람
어스름과 실랑이하다
앞섶 헤집는다

줄지어 선 가로등
하나둘 부스스
깨어난다

무심한 낯빛으로 스치는
인연 속으로 개구리 웃음
실실 흘리며 사랑이 다가온다

따스한 향 모락모락 피어오르는 꽃길 찾아
도톰한 설렘의 팔짱 끼고
추억은 하염없이 걸어간다.

박덕은 作 [이런 날에는](2016)

추암 파도

지난해 봄 촛대바위를 찾았을 때
그땐 왜 너를
상냥하게 알아보지 못하였을까

오늘은
한걸음에 달려가
하얗게 부서지는 속살 어루만지며
다정히 인사 나누고 싶었는데

가는 햇살 꼬랑지 잡고 달려오는
어둠에 밀려
지척에 두고도 만나지 못한 채 돌아서는
맘 깊숙이 들어와 있는 널 쉽사리
떠나보낼 수가 없구나.

박덕은 作 [추암 파도](2016)

바람의 문을 걸어 잠그고

땅거미 무릎 타고
지붕 오르다 밤나무 가지 위로 줄행랑치니
창가에 걸린 풀벌레 소리 까맣게 물들겠다

시간의 보푸라기 푸석푸석 날리는 공간 속 몸 담그는
외로움 삐그덕 삐그덕 고장난 문고리에
걸어 두고 한 잔 술을 마신다

푸른 눈 번득이며 지켜보는 밤의 고요
가리워지지 않는 영혼 차라리 잊어버리려
시간의 모퉁이에서 비집고 기어나오는
자줏빛 눈물자욱 하얗게 태워버리려

소용돌이치는 이 밤
꾸물꾸물 자라나는 그리움자락
마디마디 뜯어 감춘다.

장미

수줍은 사랑
대신 고백해 주는
열정의 대변인.

박덕은 作 [장미](2016)

영원히

그립다
보고 싶다
말도 못하고

꽃을 보아도
남풍에
가슴 에이네

문밖 거친 바람이
날 부르는
너의 목소리일 것만 같아서

비 내리면
어디선가 흘리고 있을
너의 눈물일 것만 같아서

눈 내리면
눈송이로 흩날리는
너의 그리움일 것만 같아서

먹먹한 길
바람 따라 걸으며
마음 적시운 채

멀어진 그 길 끝에서
하얀 눈 맞으면
그대로 눈사람이고 싶다.

비 내리는 밤

아파트 화단에선
분꽃이 하얀 얼굴
씻고 또 씻고

그리움은
소리 없이 오므린 가슴 두드리며
밤 깊도록 떠나갈 줄 모르고

추억은
놓친 잠 잡으려
공들여 기와집 짓고

들고양이는
누굴 찾아 이 한밤
저리 발목을 적시는고.

박덕은 作 [그리움](2016)

제3장
가을

박덕은 作 [가을](2016)

보고픔이 자라고 자라서

수국꽃무늬 커튼을 드리운 채
멍한 시간 속에 파묻혀
비틀거리는 그리움이 되었습니다

날마다 쓰린 속처럼 붉게 울렁이다
파르르 떠는 눈물이 되었습니다

가슴에 피어 있는 추억들을
더듬고 더듬는 화병의 안개꽃이 되었습니다

빨간 스피커 볼륨을 키우고
느릿느릿 더디게만 흘러가는 시간이 되었습니다.

박덕은 作 [보고픔이 자라고 자라서](2016)

낙엽 위에 쓰는 편지

가는 빗소리
가슴에 고일 때

미안해라는 말
붓끝에 멈추어 서고

빗방울에 매달려 있던 아픔은
넋두리 위를 구른다

젖은 세월 밟으며 다가오는
지난 추억 잊을까마는

마음 흔들며 떠나는 바람
미련 두지 말아야 한다

웃음 피우고 낭만 바르던 찻집의
달콤한 그 설렘 어루만지며

향기에 취해
울지 말아야 한다.

박덕은 作 [낙엽 위에 쓰는 편지](2016)

밤비

모처럼 신이 나서 내리네
맘을 까닭 없이 흔들어 가며

밤새워 함께 놀자 부추기면서
지칠 줄 모르고 조르고 졸라

빗소리에 취하여 아침을 맞네
빗소리에 젖으며 아침을 맞네.

어떤 품삯

실눈 뜬 하품 줄줄이 끌며 감자밭으로 간다
어느새 달려왔는지 이랑마다
달궈진 입김 훅훅 불어대고 있다

실밥 터진 밀짚모자로 창백한 얼굴을 푹 가린 허수아비는
달빛이 누워 잠들던 낡은 비닐을 사정없이 걷어내고

잡풀 하나 얼씬 못하고 반들반들한 고랑에 풀썩 주저앉아
한껏 부풀어오른 한 덩이의 행복과
한입 가득 와글대는 그리움들
숯검댕이 되어 짱짱하게 날아오른 입꼬리에 매달린다

쩍쩍 갈라진 목마름 한 잔의 별빛으로 달래가며
버티어 냈을 코끝 찡하도록 들큰한 살내

튼실한 감자알 속에 수없이 피고 지었을
뻐근대던 하루 발그레 웃음 지으며 아슴아슴 물러간다.

너덜마당

꽃바람 따라
살랑이는 시심
주렁주렁

그리워
허기진 가슴
단풍으로 물들이네

조개마냥
입술 열고
팔딱이는 하늘빛 추억

낭만 한 동이
휘휘 저어
곱게곱게 펼쳐 놓았네

낭창낭창
춤추는 햇살 아래
두근두근 솟은 열정

추녀 끝에 한 잎 두 잎
눈물겹게 모여
뜨겁게 뜨겁게 불꽃 튀네.

박덕은 作 [꽃바람 따라](2016)

그때는

당신의 텅 빈 가슴에
은은한 미소 한줌 담아 드릴 줄을
몰랐습니다

담배 연기에 실려 보내려 한 것이
검게 그을린 통증의 잔해인 줄도
몰랐습니다

눈가에 그렁그렁 솟아나던 그림자가
짤랑짤랑 흔들고픈 외로움의 종소리인 줄도
몰랐습니다

물안개 따라 순백의 속살로 피어나는 그리움이
소리 없이 자라나던 사랑의 흔적인 줄도
몰랐습니다.

박덕은 作 [그때는](2016)

올빼미가 되다

이리저리 구겨져
잠든 사이

틈바구니 비집고 앉아
눈에 불을 켠다

밤은 왜
꼬박꼬박 찾아오는지

갇혀 버린 오늘은
왜 날지 못하는지

꿈은 왜
저 멀리 아득하기만 한지

꼬리가 꼬리를 물고
휘이휘이.

달밤

풀벌레
소곤대는
시골 마당에

푸른 달빛
한 멍석
부려 놓고

추억의 빈 가지에
치렁치렁 걸터앉은 어둠은
오늘도 말이 없다.

낙엽

설렘으로 불 밝히던
날은 가고

갈빛 그리움만
남아

이제는
떠나야 하네

찬 서리
등 떠미는 날

우거진 추억들
바람에 날리우고

가벼이 가벼이
떠나야 하네.

박덕은 作 [갈빛 그리움](2016)

낙엽의 말

잠시
쉬어
머무를 수 있다면

그대의
고독을 달래 주는
한줌 재가 되어도 좋으리.

박덕은 作 [고독](2016)

사색의 파도

검푸른 바다 위를
출렁이며 출렁이며

가닥 가닥
흩어진 마음

바람 따라
철썩이다 철썩이다

가도 가도
끝없는 외로움

지친 날개 접어
쉴 곳 그 어디메뇨.

박덕은 作 [사색의 파도](2016)

가을비

할 일 잃어버린
시간들
희끗희끗 바래어 가는 날

바람 불어
낙엽 지니
앙상한
추억뿐

너는
바람에 젖고
나는
그리움에 젖는구나.

■ 한 잔 술에 가둘 수 없어

소리

올망졸망 모여 양재기에 달라붙은
웃음 방울 박박 긁을 때
문풍지 흔들다 꽁무니 빼는
찬바람 소리

몽당연필
침 쓱쓱 발라가며
삐뚤빼뚤 그리던 지렁이 글씨가
사각사각 춤추는 소리

키 작은 연필
형제들 틈
키다리 연필 두 자루
넣어 둘 때면

엄마의 홀쭉한
주머니 짤랑짤랑
빠져나가는
동전 몇 닢 소리.

귀또리

세상을 더듬어
맛보는 소리
뛰르뛰르뛰르

그 맛이
달다 할까 시다 할까
뛰르뛰르뛰르

작은 몸으로
살아내기 만만찮아
뛰르뛰르뛰르

눈 귀 닫고
눈물겨워
뛰르뛰르뛰르.

박덕은 作 [맛보는 소리](2016)

밤벌레

산에서
데려온 밤
구석에 두고
깜박했다

모처럼
집에 있는
날

일광욕 즐기는
할머니의 빈 의자에
앉으려는데

"태양열 찜질하는
이 행복한 순간을
방해하지 말아 주세요"

하얀 제 집 파먹다
둥근 창 하나 내어
마실 나온 밤벌레

하얗게
떨면서
한마디.

울 할머니

할머니는
그제도 오늘이고
어제도 오늘이고
오늘도 오늘이다

오빠 학교 가고 없는데
오빠를 부르고
조금 지나
또 오빠를 찾는다

한참을 말없이
왔다 갔다 하던 할머니
오빠 어디 갔느냐며
또 걱정이다

우리 오빠 학교에서
돌아올 때쯤
할머니는
아기처럼 깊이 잠든다.

박덕은 作 [한참을 말없이](2016)

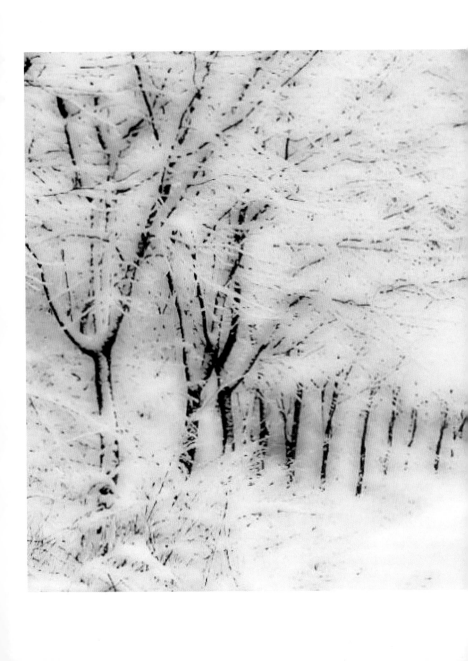

제4장
겨울

박덕은 作 [겨울](2016)

겨울이 깊어야 봄이 오듯

베어내지 못한 그리움
뒤엉켜
그늘이 깊어 간다

깊고 어두운
밤

홀연히 날아든
반딧불이 하나
깜박깜박

젖은 눈길로
바라만 본다.

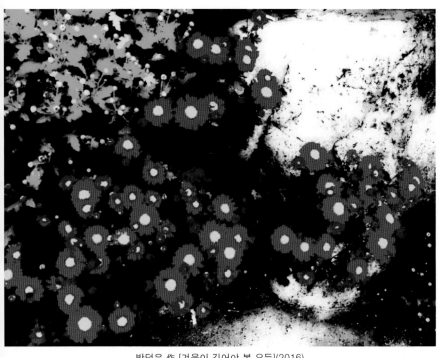

박덕은 作 [겨울이 깊어야 봄 오듯](2016)

겨울밤

꽁꽁 닫아 오므린
눈도 맘도
활짝 열고 날고 싶은
밤

저 홀로 외로워
갈대처럼 흔들리는
밤

부슬부슬 내려앉는 그리움들
횃불처럼 불 밝히고픈
밤

바다를 잊지 못해
출렁이는
밤

기적 소리 요란하게
길 없는 길 찾아 헤매이는
밤.

행복

하늘빛 감칠맛 나는 웃음 소리 하하호호 섞어
면발 쫄깃쫄깃 밀어서 한솥 가득
된장 풀고 올갱이 넣어 구수하게 끓인 장국
다같이 둘러앉아 한뚝배기 뚝딱 하실까예.

겨울 편지

메말라 가는 눈물 앞에
고개 들지 못하고
부끄러움만 가득하다

그래도 견딜 수 있는 건
그늘진 곳을 향하는
이름 모를 심장들이 뜨겁게 뛰고 있기 때문

쑥쑥 자라나는
자선냄비 속 따사로운 사랑으로
꽁꽁 언 가슴을 녹이기 때문

단풍잎보다 작은 손끝으로 전해지는
한 닢 동전의 향기가
닫힌 마음 두드리는 종소리 되어
온누리로 은은히 퍼져 나가고 있기 때문

춥고 어두운 거리 골목골목을 누비며
꽃잎처럼 아름다운 눈송이들 풍성히 내리는 날
향긋한 한줌 햇살 되어 불 밝히는 그 사랑 곁에
꿈꾸듯 하늘하늘 정겨움들이 내리기 때문.

기도

벼랑 앞에 서서 어쩌지 못하고
지나는 바람 한 줄기 잡아야 하는
저 여린 눈물과 수척해진 가슴을 위하여

수많은 별들이 내려앉아
노래할 수 있게 하소서

발부리에 채이면서도
소리 내지 못하고 끄덕끄덕
걸어가는 저 영혼을 위하여

이 밤 잠들지 않는
촛불을 켜게 하소서.

이별 후

하늘아
너도 아프니?

수심 가득한 얼굴
퉁퉁 부어

금방이라도
눈물 와르르 쏟을 것 같구나

이럴까 저럴까
망설이지 말고

우르르 쾅쾅
속시원히

나처럼
울어 버리거라.

박덕은

시린 옆구리
시향으로
다독이며
큰 나무가 되었네

무성히 펼쳐 놓은
가지마다
철없이
비가 내려도

저민 가슴
내어 주고
말없이 말없이
밟고 가라 하네

맘 둘 곳 없는
회한의 눈물
촉촉이 늘어져
야위어가도

바보 같은
미련
뚝뚝
떨군 채

싹 틔워
다가오는 시심
어쩌지 못해
뜨거운 손 내밀며

바람 부는
언덕길
묵묵히
지키고 서 있네.

박덕은 作 [시향](2016)

비상의 꿈

천둥이 치고
멍한 세상 맨발로 더듬는다
언 길 호호 불어 주는 쪽으로 자꾸 기운다
돌아앉은 오늘은
그늘 비끼지 않는 얼음판 위를
뱀처럼 쓸고 간다
새벽 강가 물안개 몸살하듯 피어나고
이별 없는 고통은
허벅지 파고들어 굳은 비명 삼킨다
외로운 바람에 나부끼는 영혼자락
녹슨 기찻길 옆 코스모스 발 아래 숨어
허물 벗는 배추흰나비 되어.

박덕은 作 [비상의 꿈](2016)

털모자

봄의 소리 옹알옹알
발가락 간질이니
서랍 열고 들어가
깊은 잠 자야 해요

잠은 아니 오고
비눗방울 닮은 호기심만
뽀글뽀글 자라나도
맘 찡그리지 않고 참아야 해요

무거워진 눈꺼풀
끙끙 들어올리고
한쪽 귀 쭉쭉 늘려 가며
손꼽아 기다릴래요

눈꽃송이
팔랑 팔랑팔랑
날아드는데

순돌이의 하얀 맘은

날 까맣게 잊어버리고
신나게 쫄랑쫄랑
하얀 눈송이만 좇고 있네요.

박덕은 作 [봄의 소리](2016)

함박눈

그대
미치도록
사랑합니다

외로움에
사무쳐서가
아닙니다

그대 머무는 곳
천지사방이어서도
아닙니다

송이 송이 꽃이 되어
쓸쓸한 이 밤을 달래 주는
하얀 그 마음이 너무나 곱고
아름다워서입니다.

슬픔에게

이제는
아프게 피어나는
파란 눈물
길어 올리지 말자

가시에 찔릴 때도
울렁거리는 물결
하얀 지느러미 달고
펄떡이는 고독일랑
건져내지 말자

손끝 발끝에서
새파랗게 질린 비늘
하나 하나 떨어질 때마다
울어대는 밤을 좇는
나비의 선홍빛에
다시는 젖꼭지를 물리지 말자.

미소 · 1

굳게
닫혀 있는
마음문

활짝
열게 하는
신비꽃.

박덕은 作 [미소 · 1](2016)

미소 · 2

알 수 없는
속마음

살포시
비춰 주는 꽃등.

박덕은 作 [미소 · 2](2016)

그냥은 없는 거야

놀란 수은주마저
쑥 내려가 올라올 줄 모르는
한겨울

우물쭈물하는 사이
흐름이 막혀 떨다
싸늘한 눈물 주루룩 쏟아낸다

거센 바람 머리채 흔들어도 실눈썹 하나
끌려가지 않던 그녀
천둥 번개 달려와 사납게 할퀴어도
묵묵히 받아주던 그녀

맵고 질긴 손아귀 벗어나지 못해
하루하루 말라가는 줄기마냥
늘어져 앙상하다

연민하게 끌어온 생
이제는 돌아앉아
목련꽃잎처럼 희고 고운 웃음 짓는데

눅눅한 몸 터는 비릿한 어둠 뒤켠
머지않아 하늘 모롱이에 그리움 한 칸 어리겠다.

드럼 사랑

둥둥둥
마중물 길어 올리듯
가슴 깊이 드리운 두레박
힘차게 끌어당기자

오선지에 펼쳐 놓은
울고 웃는 세상 속으로
와락 뛰어들어가
뒤뚱뒤뚱 놀아 보자

깜박깜박 황색등 켜며
겁주는 세월 앞에서
누추히 무릎 꿇지 말자

마음자락 붙들고
발 빼는 두려움도
손 내미는 설레임도
다 같이

시들어 누운 감성 줄기에
숫구치는 열정 콸콸 뿌려
썰렁하던 가슴 벌판을
향내 진동하는 꽃밭으로 가꿔 보자

둥둥둥
화끈하게
둥둥둥.

아들을 군에 보내는 날

덜컹
작별을 고하는 소리
꽁꽁 묶어 두려 한 마음문이 열리고 말았다

깊은 어둠 속
복사꽃만 한 눈송이들이 나비 날 듯
너울너울 아름다운데

간질이는 목울대 꾹꾹 누르며
커져 가는 근심만이
내리는 눈 따라 쌓여만 간다

축제 벌이듯
달려들면 눈발들이
와르르 슬픔으로 녹아내린다

서로를 위로하는 말들이 오가다 목에 걸리고
여며지지 않는 눈물은
눈치 없이 자꾸만 터져나오려 한다

이 밤이 지나고 나면
보타진 가슴속에 하얀 그리움만이
쑤북쑤북 피어나겠지

짓물러 해진 눈가에
눈물방울들은 다래송이만 하게 자라나
주렁주렁 매달리겠지

송이송이 피어나는
보고픔들은 오색실 물들이며
흐드러진 꽃으로 피어나겠지

날이 날마다
별을 헤는 나의 기도는
에메랄드빛으로 총총 다가서겠지.

님을 보낸 후

저문 때를 알 수 있다면
이처럼 홀로
쓸쓸하진 않았을 텐데

길가에 핀
들꽃 한 송이
사랑하는 마음으로

외로운 눈물
꽃잎 속에 이슬처럼
담아 두지 않을 것을

헤일 수 없는 그리움
흰 눈 되어 펄펄
날리는데

칼날보다 더 아린 날
한줌 재로 흩어진 바람처럼
서러워하지 않을 것을

먹장구름
가득히
빗발치는 날

그대 슬픔으로
이 몸 붉게 붉게
흐느끼지 않을 것을.

이제는

일방통행인 줄 알았는데
가슴 언저리 갓길 하나 내어놓은
친절한 그대,
내 사랑이로군요
척박한 돌길이라도
그대와 함께라면 손잡고 가리.

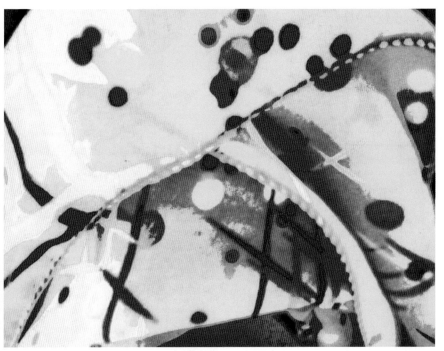

박덕은 作 [이제는](2016)

한실 문예창작 문우들의 작품집

오늘의 詩選集 Series

오늘의 詩選集 제1권

화장을 지우며
강만순 지음 / 144면

오늘의 詩選集 제2권

또 한 번 스무 살이 되고 싶은 밤
김숙희 지음 / 160면

오늘의 詩選集 제3권

사랑의 빈자리 될까 봐
박완규 지음 / 144면

오늘의 詩選集 제4권

유모차 탄 강아지
김미경 지음 / 112면

오늘의 詩選集 제5권

이 환장할 봄날에
신점식 지음 / 176면

오늘의 詩選集 제6권

작아지고 싶다
주경희 지음 / 176면

오늘의 詩選集 제7권

가을은 어디나 빈자리가 없다
전금희 지음 / 176면

오늘의 詩選集 제8권

쓸쓸함에 대하여
이후남 지음 / 176면

오늘의 詩選集 제9권

바람이 열어 놓은 꽃잎
문재규 지음 / 220면

오늘의 詩選集 제10권

단 한 번 사랑으로도
이호근 지음 / 176면

오늘의 詩選集 제11권

할 말은 가득해도
최승벽 지음 / 176면

오늘의 詩選集 제12권

비밀 일기
박봉은 지음 / 176면

오늘의 詩選集 제13권

꽃만 봐도 서러운 그날
한실 문예창작 동인지 제8집

오늘의 詩選集 제14권

마냥 좋기만 한 그대
최기숙 지음 / 176면

오늘의 詩選集 제15권

풀꽃향 당신
김영순 지음 / 176면

오늘의 詩選集 제16권

유리인형
박봉은 지음 / 176면

오늘의 詩選集 제17권

보고픔이 자라고 자라서
한실 문예창작 동인지 제9집

오늘의 詩選集 제18권

첫사랑
김부배 지음 / 176면

오늘의 詩選集 제19권

나는 매일 밤 바람과 함께 사라진다
박덕은 지음 / 240면

오늘의 詩選集 제20권

오늘도 걷는다
유양업 지음 / 176면

오늘의 詩選集 제21권

내 사람 될 때까지
전춘순 지음 / 176면

오늘의 詩選集 제22권

처음 사랑
한실 문예창작 동인지 제10집

오늘의 詩選集 제23권

낭신에게 · 둘
박봉은 지음 / 176면

오늘의 詩選集 제24권

그 누가 다녀간 것일까
전금희 지음 / 206면

오늘의 詩選集 제25권

한 잔 술에 가둘 수 없어
이후남 지음 / 164면

오늘의 詩選集 제26권

그리움 머문 자리
이인환 지음 / 176면

오늘의 詩選集 제27권

사랑의 콩깍지
김부배 지음 / 176면

개별 작품집

고목나무에 꽃이 핀 사연
김영순 시집

당신만 행복하다면
박봉은 제1시집

시가 영화를 만나다
장헌권 시집

아시나요
박봉은 제2시집

하얀 속울음까지 들켜 버렸잖아
김성순 시집

당신에게, 하나
박봉은 제3시집

세월이 품은 그리움
김순정 시집

사색은 강물 따라
권자현 시집

입술이 탄다
형광석 시집

내가 머무는 곳
신순복 시집

늘 곁에 있는 다른 나처럼
정연숙 시집

당신
박덕은 시집

한실 문예창작 동인지

한실 문예창작 동인지 제1집
『한꿈』

한실 문예창작 동인지 제2집
『한꿈』

한실 문예창작 동인지 제3집
『당신의 쓸쓸함은 안녕하십니까』

한실 문예창작 동인지 제4집
『목련은 흔들리고 있다』

한실 문예창작 동인지 제5집
『그래도 한쪽 가슴은 행복합니다』

한실 문예창작 동인지 제6집
『좋은 걸 어떡해』

한실 문예창작 동인지 제7집
『아직도 사랑인가 봐』

한실 문예창작 동인지 제8집
『꽃만 봐도 서러운 그날』

한실 문예창작 동인지 제9집
『보고픔이 자라고 자라서』

한실 문예창작 동인지 제10집
『처음 사랑』